やわらかい帽子

山中従子

思潮社

やわらかい帽子

山中従子

思潮社

装幀＝思潮社装幀室

目次

山の上の博物館

やわらかい帽子

やわらかい帽子

山の上の博物館

ひかりの庭

真夏のひかりを溜めている　池の底のように揺らぐ庭　日々草が咲き乱れクマ蟬の死骸がいたるところころがっている　降りそそぐひかりが停止してしまった鏡のなかの真昼　かすかに聞こえてくるわたしを呼んでいる遠い過去からの声

ここへ来る道はもうないよ
この庭に入るにはひかりになるしかないよ

と　応答すると空が震え　ひかりの波紋が広がり　わたしの体の中を昇る水音が聞こえてきた　わたしは土と空の間に挟まれたまま　いっぽんの細い木になってひたすら待ちつづけた

他人

窓から入る夏の過剰なひかりを浴びていると　背中がゆらゆら揺れ始めた　手をまわすと　生温かい液体が入ったビニール袋の感触が伝わってきた　そいつは背中にへばりついたまま　膨らんだりすぼんだりしている　時折わたしの顔を見ようとしているのか　体を異常に伸ばして首に巻きついてくる　頭も手足も胴体も区別がつかないその生き物は　自由に体の形を変えることが出来るようだ　急に背中が重くなったなと思ったら　後ろ向きにわたしの体を引きずって　わたしを窓から外へ連れだそうとしていた　いったいわたしはいつから何を背負っているのだろう最近は庭に蝶がとんできただけでも驚いてしまう　庭の植物の葉が全部を睨みつけてきた　そのとき背中に触れてみると生温かいあいつが　普

段どおり鼓動を打っているので安心する　あいつはわたしよりもはるか
に平然と生きている　コンクリートの墓地のような都会の中で　どうに
か暮らしていけるのも　やつのおかげかもしれない
やつは夜になると知らぬ間に消えてしまう　何処へ行ったのだろう　わ
たしは薄っぺらになった一枚の背中を下にして　ベッドに寝転ぶ　目を
閉じてゆっくり呼吸をする　ほんとうにわたしを置き去りにして　やつ
は何処へ行ってしまったのだろう　閉じたままの瞼をそっと開けてみた
すると幼いころ遊んだ山々がぼんやり浮かんできた　闇のずっと奥に夜
だけ開く　レースのウエディングドレスを着たカラスウリの花が見える
両手をその花に向かって差しだした　すると不思議なことに手はぐんぐ
ん伸びていく　いつのまにかわたしは生温かい液体になって闇の隙間に
流れていくのだった

わたしは

わたしは毎夜眠り込むと木製の人形になります　そして必ず夢を見ます
昨晩は平安時代にいて白い顔の貴族の男と恋をして男の子が生まれまし
た　三人で眠っていると風がふいてきて御簾が揺れとてもおちついて
眠っていられません　こどもが飛ばされそうなので必死で守っているの
ですが　男はただおろおろするばかり　そうだこんなところにいてはい
けない　場所をかえなくっちゃ　でもいくら探しても履物が見当たらな
い　いつもこうなのです　夢の終わりはきまっています　大声でたすけ
て！　と叫ぶのです　いくら叫んでもわたしは木製の人形だから外には
声は出ません　目を開けました　天井には明かりのついていないいつも
の電燈がぶらさがっているのが見えます　電燈をぶらさげている紐のい

ちばんうえからもういっぽん影の紐が天井を這っていて　その先にはさきほどの電燈の影が大きく膨らんで楕円形になってへばり付いているのが見えました　そのくろい穴のような影はだれも永遠に見ることができない何ものかの裏側に通じているようで　そこからさらに何かの音に通じているのです　何か生まれてはすぐに潰れていくような音がひっきりなしに聞こえてきます　わたしはまた　たすけて！　と叫びました　とたんに目が覚めました　人間に戻ったのだとわかりました　すでに夜が明けていて　太陽のひかりがいっぱい詰まったはてのない黄色い空間に浮かんでいました　そのときわたしは　ここは運命と呼ばれているもうひとつの夢の中だと思いました

カフェー

ここは来ない人だけを待つカフェー　青空の破片をくっつけた格子硝子のドアのむこう　胴体だけの人々が風に吹かれ　右に左にころがっていく　西側の窓には木製のブラインドが掛かっている　隙間から漏れてくる夕陽は　室内の客をひかりの包帯で巻かれたミイラに変えていく　ランプの明かりが揺らめいている　古代の匂いが漂ってくる　店内の直線がゆっくり曲がっていく　背もたれのある椅子に座ったままのわたしも少しずつ弓なりに形を変えられている　ドアはいつ見ても閉まっている来ない人だけを待つカフェー　ここにはすでに何十年も前に来たことがある　あのとき雷鳴を聞きながら食欲のように生きることよとつぶやいてパセリをぱりぱり食べたわたし　西側の窓のそばにその彼女がいまだ

に座っている　テーブルの上に置かれた白い皿の上には　パセリの空白
だけが載っている

極寒の街

晴れわたった道路にビルの影が黒い氷になって広がっていた　ところどころに太陽のひかりが黄色い染みになって張り付いている　車も人も消えてしまった氷河期の遺跡である極寒の街　足の下の氷の中を一匹の生き物が動いている　毛も生えていないつるりとした黒い皮膚　表面には無数の切り傷があった　その生き物の足裏はわたしの足裏にくっついているのか　氷の下をどこまでも同じ歩調でついてくる　歩くたびに両側からビルの影が倒れてきていっしゅんで凍りついた　ビルの群れに挟まれて細長くなってしまった空はどこまでも青くどこまでもひび割れつづけていた　崩落が止まらない空から青い氷の破片がひっきりなしに降ってくる　それは歩きつづけるしかないわたしの皮膚につぎつぎ突き刺

さった　だが不思議なことにわたしの体は傷がつかない　足元からかすかなうめき声が聞こえる　あの生き物の黒い皮膚にまたもや切り傷が増えていた　なぜかそいつは　わたしが怪我をするたびにわたしのかわりに傷がつく　怒りでいっぱいの二つの赤い目がわたしを睨んでいる　やつはいつもわたしを狙っているのだ　だがわたしを襲うたびにやつの体に傷がつく　いつか歩けなくなってしまったときわたしはやつに食われてしまうだろう　わたしを食いつくしたそのときやつはほんとうのひとりぽっちになって氷河期の夜の中に転がり落ちていくだろう

靴

いつもわたしの靴をかくしているのは誰だろう　わたしは今日も素足のまま行き先も無いのに必死で走っていた　まだ眠っているビルの間にむくむく膨れていく灰色の雲が見える　雲の中から見たこともない街が現れてくる　それはどれも廃屋の匂いがした　わたしは血のにじんだ足裏でひたすら夜明け前の道路を走りつづけた　前方を得体の知れない少し猫背の灰色の背中が走っている　必死で追いついた　が背中は瞬間消えてしまった　前方を見ると再び先ほどの背中が走っている　ここはどこだろう　ここはいったいどこなのか　夢の中か　わたしの靴をかくしているのは夢　おまえなのでは

山の上の博物館

こんなにひかりが溢れているのにこのガラス張りの部屋はなんだか寂しい「何をしに来た」といきなりどこからか太く響く声がした　ずらりと並んでいる仏像たちがいっせいにわたしを睨んできた　部屋の中のひかりは急に鮮烈になりわたしは眩しくておもわず瞬きしてしまった　その瞬間　すべての仏像がセルロイド製のお面を被ってつるりとした顔になった　唖然として動けなくなったわたしの耳の奥で鋭い摩擦音が鳴り始めた　ふと目の前の背の高い背格好の仏像がもう三十年も前に亡くなってしまった友人とそっくりだと気がついた　隣のふっくらした小柄な像はすでにこの世にいない父だ　向こうには痩せてしまった母がいるおもわず母に向かって手を差し伸べたそのとき太くてねじれたひかりが

わたしに向かってきた　わたしは引っ張られるように滑りそうなひかり
の通路を歩き始めた　両側に立っているどの像も亡くなってしまった知
人たちのように見える　微動だにせず立ちつづけている彼ら　どのお面
もひかりを反射していて何処を見ているのかわからない　お面の裏側の
彼らの両目はすでにひかりに奪われてしまったのではないか　なぜ彼ら
はここに居るのだ　いったいここは何なのだ　わたしは湧いてくる疑問
をもてあそびながらひかりの手綱をかけられ引き回されているかのよう
に　部屋の中をぐるぐる歩きつづけた

水溜まりのような

朝　胸の上に水溜まりのような感触が在った　驚いたがいつものように着替えをした　誰とも挨拶をしないで街へ入った　空に接しているビルの角ばかりを見ながら歩いた　早朝のビルの鮮明なひかりと影　その境界線が触手になってあちらこちらからくにゃりくにゃりとわたしのほうへ伸びてくる　ふりはらったそのとき　ビルとビルの隙間にいっしゅんひとつの数字が現れて消えた　いま人間がひとり食われてしまった　ビルの壁いちめんにへばりついている透明なアメーバーのような生き物にたぶんあれは十二桁の数字だったな　胸の表面でふたたび水溜まりのようなものが冷たく揺れた　わたしの足は知らぬふりをして慣れた歩調でわたしを連れて行く　今日という場所に

赤いこけし

「これは重症だ」と白衣の男が叫んだ　わたしはすぐに裸にされプラスチック製の白いカプセルに入れられた　カプセルの蓋が閉じられ薄い銀色のベッドに横たわった「はい　仰向いて」男のぬめりのある声が外から聞こえた　仰向けになってカーブを描いているカプセルの蓋の裏側を見つめた　プラスチックの裏側って意外に明るいんだなあ　と思ったそのとき　なにかさらさらした感じがしたがそれは気のせいだったのか「はい　今度は俯いて」またあの糊のような声がした　冷たく輝いている実験台のようなベッドの表面を見つめていると背中にまたさらさらした感じがした　カプセルの蓋が開いて「もういいですよ　もうすみましたよ」例の白衣をきた男がわたしを引きずり出した「症状はもう治りま

したからね息を吸っても痒くはないでしょう」　抱きかかえられて隣の部屋に連れていかれた　部屋にはいちまいの巨大な鏡が掛かっていた　男はぼんやりしているわたしをその前に立たせ部屋から出ていった　正面の鏡は白い靄がかかっていてかすかな金属音が鳴っていた　真ん中に赤い影が揺れている　靄は薄くなりその赤い影は大きくなってきた　鏡の靄はやがてすっかり消えた　そこに全身が熟れたザクロの実のような膚で覆われた等身大のこけしが一体映っていた　あれはあれはわたしなのか　うすれていく意識のなかでわたしはくっついてしまってもう動かなくなった両足で呆然と立ち尽くしていた

時間を捨てた星

ふと気がつくとわたしもいつのまにか同じ場所で立ちつづけていた　わ
たしは知らぬ間に白い風に巻きつかれ動けなくなっていた　この場所に
来てどのくらい時間がたったのだろうそれさえも分からなくなっていた
ひょっとしてあの動かない彼らはもう何十年も同じ姿勢のままここに立
ちつくしていたのではないか　時間の感覚を奪われて彫像にされてし
まったのではないか　彼らはほんとうにこの星に救われたのだろうか
頭上にあるあの二つの楕円形の穴のむこうに油絵のような青空が見えた
ずっと昔見たことがあるような気がする青空が

赤い沼

毎夜眠るたびに赤土の空き地にある沼に落っこちていた　そこには背中に無数の手をもった巨大生物が住んでいて　そのとろりとした手をいっぱい使ってもがいているわたしの両足を沼の底へと引っ張るのだ　岸は草いっぽん生えていない　どこにもつかまることができないわたしは水面に必死で顔を出そうとしていた　赤い水が体じゅうに突き刺さってきた　しだいに手や足や腹の皮膚が溶けていく　どうか助けてください　誰か助けてください　と念じながらわたしは溺れつづけていた　その様子を沼の淵から眺めている者がいた　白髪まじりの長い前髪の間からどこかわたしに似ている老婆の顔がちらっと見えた　そいつはいつも溺れているわたしを置き去りにして霧のむこうに行ってしまった

小石が飛ぶ

闇に揺すられているぼんやりした坂道を年老いて軽くなってしまった母を両腕で抱きかかえ登っていた　母ゆずりの足の悪い歩き方で　生ぬるい闇が頬をつたって流れていく　突然小石が飛んできた　自分の名前も言えなくなった母を狙っている　小石はひっきりなしに飛んでくる　誰だ！　わたしたちをいじめるやつは　ふりかえると月の光に照らされた闇の顔が見えた　それは黒い水面に浮かんでいる胴体のない顔だった　ふとさざめく月の影ではと思った　だがいきなりわたしが毎朝鏡の裏側に隠しつづけていた自分の顔になった　思わず母を落としそうになった　母は自慢だった大きな目も閉じたまま生乾きの薄っぺらな柔らかいいちまいの皮になってわたしの腕に垂れ下がっていた　呆然としているとふ

たたび飛んできた小石が母の顔に当たった　母が突然かぼそい声で「痛いよ　おかあちゃん　助けて」と叫んだ

午睡 I

窓に掛かっていた木製ブラインドを開けるとゴーヤの緑が入ってきて部屋じゅうに反射した　部屋は緑色の浅い海の底になった　畳の上には小さな潮の流れが漂っていた　ブラインドの間から揺れる葉や蔓や実やちりばめられた真夏の空が見えた　ときどき音もなく小さな黄色い花が落ちていった　それは黄色い小魚が空にむかって泳いでいったように見えた　来る日も来る日もゴーヤは潮に漂う海中林のように揺れながらどこまでも伸びつづけた　わたしはこの海の底のような部屋で時間が過ぎていく音を聞くのが日課になった　その音はやわらかい黄緑色のゴーヤの葉が重なった影のあたりから聞こえた　またゴーヤの葉と葉のすきま間を夏のひかりが通り過ぎる瞬間にも聞こえた　葉の裏側でまだ先端に黄

色の花を付けたままの小さな実が生まれたときにも聞こえた　毎日じっと座ったまま過ぎていく時間の音ばかり聞いていたわたしは午後になるといっきに年老いていた　そんなわたしをゴーヤの甘苦い香りがいつも眠りへと誘った　白い巻貝にくるまれて長すぎる時間をわたしは眠りつづけた

午睡 Ⅱ

窓から差し込んできた夕日で目覚めると部屋いちめんに窓ガラスの破片が散らばっていた　部屋のまわりに茂っていたゴーヤの蔓がガラスを割って中まで伸びてきたのだ　オレンジ色に輝くガラスの破片　それはたった今まで行われていた散華の紙片のようだった　どのぐらいの時間眠っていたのだろう　手足はまるで他人のもののようにやせていた　髪の毛はまっ白になってしまっている　呆然として座っているとしなやかな黄緑色のゴーヤのひげが指や耳や髪の毛に絡みついてきた　ひげはかすかな匂いを放ちながら何本も伸びてきてわたしの体にひっかける箇所をさがしていた　しばらくすると産毛に覆われた若葉の蔓が首に巻きついてきた　蔓はひんやりしていてわたしの首のまわりでいっせいに葉を

成長させた　甘苦い香りにまた眠りそうになった　でもふとわたしはほんとうはまだいちども目覚めていないのではと思った　そのとき緑色に染まったわたしの胸のあたりから濃い緑色のぶつぶつの皮をかぶった実がひとつ育ってきて揺れているのが見えた

祭日

祭りの太鼓の音が朝の陽ざしの中へ遠のいていった　わたしはゴーヤカーテンにくるまれた緑色の部屋の中で木彫りの妖精とかくれんぼをしていた　彼女がすぐみつかるのが面白い　いつも観葉植物に生えた赤いキノコの上に金髪の背に自分のからだより大きい羽を広げてすまし顔で隠れているからだ　わたしは大きな緑色の繭のようなこの部屋に妖精とふたりっきりで閉じこもっているのが大好きだった　「どこーだ　どこだ」　そのとき急に閉めていたはずの窓から祭りの太鼓の音がしてだんじりの大屋根と大きな白い団扇を持った大工方の男の顔がぬっと覗き込んできた　わたしはおもわず後ずさりして何もわからないのに「ごめんなさい」と言ってしまった　するといきなり部屋じゅうの畳に足裏の形が

いっぱい浮かび上がってきた　この部屋にはわたしのほか誰も入ったことがない　それなのにこの部屋いちめんの足裏はまったく初めて見るものだった　わたしはそのことにふたたび驚いた　太鼓の音と男たちの胴間声はしだいに遠のいていく　窓の方でぶつぶつぶつぶつという音がしている　ゴーヤの葉が一まい一まい「**watasi**」「**watasi**」と言いながら枯れていくところだった

鶏頭の花

「花の一本でも咲かせないと」

深い山のすすきの野原を庭から切り取って持ってきた鶏頭の花を叩いて歩きまわっていた　鶏頭の花から無尽蔵に黒い種が落ちてくる　すすきはわたしの背丈ほどありその太い赤紫の根元をかき分けているとひんやりと湿っぽい　わたしはしらぬまにいっぽんの細い水脈を踏みながら歩いていた　前方に小さな青空が見えた　そこから亡くなったはずの父がゆっくり近づいてくる　仕事用の白い着物を着て

「おとうさん　こんなところにいたの　もう　会えないと思ってたわ」

父は何も言わずほほえんだ　わたしたちは肩を並べてゆっくりすすきの中を歩いた　こんなふうに二人で歩いたことがあっただろうか　行けども行けどもすすきの野原だ　わたしたちは無言のまま消えかけている青空ばかりを見ながら歩きつづけた　ふいに冷たい雨がぽつぽつ降ってきた　雨はすぐ本降りになりわたしはまたたくまに濡れて歩くたびに靴の中から水があふれた　となりを歩く父を見るとちっとも濡れていない横顔の父は悲しい目をして右手を軽くあげた　そしてきゅうに足速になりわたしから遠ざかりはじめた　わたしは追いかけようとして足に力を入れたが手に握りしめていたずぶ濡れの鶏頭の花が重く思うように進まない　ときどき振り返りながらどしゃぶりの雨の中を遠のいていく父やがてその後ろ姿が大きな赤い花を咲かせた鶏頭の花に変わってしまった

車椅子を押す

年老いた母を車椅子にのせ椎の木の花が咲く森の中を歩いている　太古の時代から積み重なった生物たちの死骸の上は踏むと足裏が暖かい「人は誰も来なかったのですか」まわりの葉は無言でひたすら風と遊んでいる　森の奥深くの根元のようなところからひかりが漏れている　木々の枝先までガラスのように明るい　車椅子がふいに軽くなった　わたしの背中を誰かが押している気配　びっしり茂った若葉が背後に迫っていた　わたしたちがもう引き返せないようにと必死に時を運んでいる彼らそのときうつむいたままの母の背中に小さなひかりが落ちてきた　それはいちまいの葉だった　葉はあとからあとからはてしなく落ちてきて母の体に張り付いていく　車椅子の母がしだいに落ち葉の下に埋もれていく

紫陽花

つややかな大きい葉っぱの群れ　かすかに暖かい息をしているその下には曲がりくねった小道がつづいている　葉の間から濃い青の花火や丸い紫の提灯のような花が見え隠れする　スイッチを入れていくように指先で花に触れながらゆっくり歩いていく　突然いちまいの葉っぱがわたしの顔を覗き込んできていきなりわたしの頬を叩いた　どこかで水の流れる音がする　水の匂いのする空気をすいながらふたたび歩きつづけた溝のような川が見えてきた　古びた小さい板をのせただけの橋を渡って流れのそばに行った　手をつけると雪解け水かと思うくらい冷たかったやがてひなびた東屋に着いた　誰もいないベンチの上に紫陽花を描いた一冊のスケッチブックが置いてあった　誰か忘れていったのだろうか

開かれたままのスケッチブックをじっと見つめていると花の色がゆっくり変わっていく　葉の間から漏れてくるひかりの先から紫陽花の絵が現れては消えたりしている　あたりを見渡すとガラスのない四方の窓のむこうは紫陽花ばかりだった　どれくらい時間がたったのだろう　あたりはひんやりしてきた　夕暮れがせまっているのだ　あわてて東屋を出て急ぎ足で歩いていく　行けども行けども紫陽花ばかりだ　葉も花もどんどん黒ずんでくる　背の高い両側の紫陽花たちが近寄ってきてわたしに触れてきた　ふと肩の上で何か動いたような　小さなカタツムリが角を出しているところだ　ずいぶん暗くなってしまった　もう戻れそうにない　目の前にはわたしを紫陽花の森の中へ引っぱっていこうとしているいっぽんの黒い紐のような道が見えた　そのとき向こうからかすかに太鼓の音が聞こえてきた　あの乾いた音は神社の太鼓だ　とことんとことん　とことんとことん　音はしだいに近づいてくる　茂った葉っぱの下から縦一列になって紫陽花の冠をつけた人々が歩いてきた　列はどんどん進んでくる　紫陽花たちはみんなにこやかな表情でおしゃべりしながらやってきた

動物園

「かわいいキリンの子供やなあ」と言いながらつぎの檻に向かった　後ろに小さな足音がする　振り返ると先ほどのキリンの子供だった　いつのまに檻から抜け出したのか　ちょっと首をかしげて困ったふりをするのでおもわず抱きかかえた　「そんなことしたらお母さんキリンが怒ってくるで」と連れが言うのであわてて子供を道にもどした途端わたしはお尻を噛まれた　「ちゃんとかやしたのになんでそんなことするねん」と母親キリンに言ったらまたがぶりとお尻を噛まれた　お尻をさすりながらつぎの檻を覗いてみるとコアラが一匹皮だけになって伸びていた　だあだあだあだあだあだあだあだ　道にタイルの破片がいっぱい落ちているひとりの中年男がビニール袋を持ってそれを拾っている　「なんでそんな

ん拾ってるん?」「これな持って帰って店の壁に貼ったり置物にして飾るんや綺麗で見に来るか」「行く行く」わたしは男についてその店に行ったなるほどなんでもすてたもんじゃないなと思って見つめていると飾りのタイルがつぎつぎアンモナイトや恐竜の化石に変わっていったカウンターの内側にはさっきまで居た男が消えて崩れかけた土偶がひとつ立っていた　動物園にはいろんなものが落ちてるもんやなぁ　だあだあだあだあだあだあだあだあだ　疲れたなと言って横を見たら連れが消えていた　すぐそばに手頃なベンチが見えるがすでに若い男が座っている「ここ座っていいですか」男の横に座ると「さっきのあなたの《永遠へ貢ぐ》という踊りは良かったですね」と言った「観てくれていたのですか」「あなたならまだいけますよ」「そうかなああありがとうございます」とわたしは答えたけれど　だあだあだあだあだあだあだあだあだ
風が吹いてきたなと思ったら別の若い男が座った　そっと横顔を見ると昔の恋人だった「今までどうしてたんいつまでも若いやんかあ」とたずねるとその男は何も答えず小さな風がまた吹いてきた　そのときなぜか地球上にも見つかったという反物質ってどんな物なのだろうという言葉

が脳裏をかすめわたしはゼリーのような夕闇の中にひとりきりで座って
いた

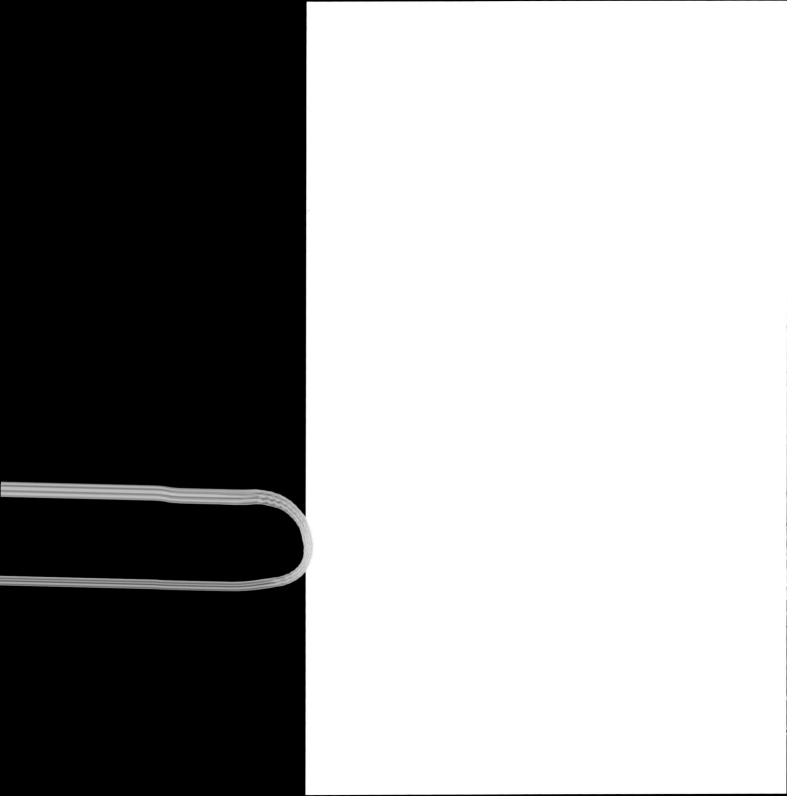

その国で

窓に囲まれた明るい室内の窓際で見知らぬ老人と向かい合って木製の椅子に腰かけていた　無言で座りつづけている彼の顔にできた深い影　その影はなぜだかずっと昔の難破船を思いださせた「毎晩わたしね眠る場所をさがしてひとりぼっちで砂の中をどこまでも降りていくのよ夢の中での話なんだけど」　窓から差し込む真昼のひかりはまばたきもしないその人の褐色の肌のうえでアルミ箔のようにひろがっては剝がれ落ちたわたしたちがいるこの部屋にはいっぱいに白いシーツを敷いたベッドが並んで人々が眠っていた　今の時間はこの国では昼寝をするきまりなのだ　国じゅうの人々がいっせいに眠りこんでいる時間　どのベッドの上も大きな蛹がころがっているように静まっていた　熱帯の光線は窓の外

の風景に無数の亀裂を作っていた　建物という建物からコンクリートの破片が輝きながら落下しつづけていた　目の前の道を列になって歩いていく象の足が見えた　膝から下だけの象の足の行進　切り取られたそれらの足はこの国の王への貢物になるのだ　王は象の足で作られた器で酒を飲み永遠の命を得ようとした　王は死んだ　何代もの王がつぎつぎ死んだ　老人は無言のままわたしの前にずっと座っていた　わたしは昨晩見た夢を語りつづけていた　「夢から覚めることなんて永久にないんじゃないの今もここも夢の中のような気がしてきたわ」　いつのまにか陽が傾いて　巨大昆虫の触角のような影が部屋の中に何本も伸びてきた　すると老人は消え　蛹たちはいっせいに孵り黄色に黒の模様のある蝶がつぎつぎと窓の外へ飛び立った

石の町

この町の道はどこも赤茶けた土で覆われていた　両側には頭部を盗まれて首から下だけになった女神たちが立ったまま眠っていた　わたしは彼女たちを目覚めさせないよう足音をしのばせなければならなかった　道の上に黒くなめらかな石がひとつ置かれてあった　石の中には後頭部が埋まって顔だけがこちらを見ていた　それは苦悶に満ちた男の顔だったわたしはその顔を助けようと手を差しのべた　瞬間金剛石の粉のような真夏のひかりが溢れ落ちてきた　それは太古のひかりだった　ひかりはわたしの腕の血管を通って彼の夢の中に入っていった
巨大な蛇を引きあっている神と阿修羅たちの石像が寺院への橋の欄干に使われていた　もうけっして引き返せないのを感じながら橋をわたった　一卵性双生児の男の顔が裏表に彫られてある石の門があった　くぐ

りぬけたそのとき男たちからひんやりした息を吹きかけられた気がした　象の石像で囲まれたテラスの内側に入ると硬質の青空が広がっていた　千年のあいだ変わらぬ空　永遠の約束を交わした唯一の相手である空　この乾燥した土の上で空を見あげた姿勢のままわたしは石像にかわってしまったのか一歩も動けない

ジャングルの中に取り残された石造りの寺院はほとんど消失しかけていた　数千年も前に寺院の屋根に落ちた種子はそのまま根を張り伸びつづけた　あたりいちめん巨大な根が自由に動きまわっていた　樹木たちの根は巨大タコの足のように広がって石という石に絡みついていた　石はジャングルの内側でひっそり息をしていたけれどしだいに樹に食べられ土に変えられていった　樹木の枝や幹や葉は空にまで広がっていった　空はいちめん黒い葉脈でできた細かい網に変わってしまった　その空がゆっくり降りてきていつしかすべての寺院を覆った　ここはとっくの昔に神も僧侶も消えていた　樹木たちの消化器の音だけが絶え間なく聞こえていた

スコール

ニシキヘビを首に巻いているその少女はココナッツ椰子に開けた穴からいっきにジュースを飲んだ　彼女はこの小さなジャングルの島に来る観光客に手作りのキャラメルを配って暮らしていた　わたしたちは島に実っている何種類ものめずらしい果物を食べた　島の住民は歌や踊りを見せてくれた　なぜだかその中にわたしの弟がいた　弟は彼らとずっといっしょに暮していたのかわたしの顔を忘れてしまったのか踊っているその表情からはわからなかった　でもこの島では何がおこっても不思議ではないのだ　今も目の前ですべての花々がつぎつぎと真っ赤な炎に変わっていく　ここでのすべての現象は自然の中での出来事だった　わたしはおみやげの布製のポシェットを首にかけ木々に囲まれた小道を歩い

ていた　突然熱帯のスコールが襲ってきた　周りの風景はいっしゅんで消されわたしは林立する太い雨の柱の中にひとりぼっちで取り残されていた　すぐ横にはずっと昔から置き去りにされてきた古代の寺院の柱だけが建っている　そのあいだをずぶ濡れになって走った　雨に濡れた柱は目の前で突然消えたりした　うつむくと首にかけていたポシェットがニシキヘビになってぶらさがっていた

舟着場にある茅葺きの屋根だけの小屋に着いた　そこには舟を漕ぐ現地の女性と子供たちも雨宿りをしていた　スコールはすぐにあがりわたしたちは濡れた木舟に座りジャングルの中の濁った赤い水があふれている小さな川を下った　川は蛇行していて緑の濃い大きな葉がなんども顔に触れてきた　木の葉がとぎれた場所にくるといきなり裸の少年があらわれて岸から川に飛び込んで見せてくれた　それは観光客を楽しませるショーなのだ　濁った水の中へ潜った少年はそのまま消えてしまったほんの今まで小屋でいっしょに雨宿りをしていたあの少年はいつのまにあんなところにいたのだろう　頭上はうっそうとした木々の葉で覆われ葉と葉の小さなすきまから雨だれのようなひかりがあちらこちらから漏

れていた　そのひかりはわたしたちの肩の上に積り体の表面に軽い重さを残して水面まですべり落ちていった　ひかりを肩の上に乗せたわたしたちはノンラーをかぶった女性の漕ぐ舟で輝く荷物になって運ばれていく　舟は見えない何者かにゆっくり飲み込まれていくように緑色のトンネルの中を進んでいた　そのときわたしは気づいた　わたしは今ひとつの物語を完結させるための貢物になっているのだと

アンモナイトの

何億年も前の風が吹いてくる　本箱の奥に隠れていたアンモナイトの化石の小さな空洞から　アンドロメダ星雲のミニチュアのような形のアンモナイト　もう数十年も置かれたままの茶色の机や黒の革のソファーずっと同じ場所でアンモナイトからの風に吹かれているうちにこの部屋に住みつづけていた生物のようにしずかな息をしている　ガラス窓のむこうゴーヤカーテンがいつのまにか巨大海中林に成長していた　みどり色の海水がまわりのガラス窓を押している　ソファーにもたれたまま西日をうけているわたしを濡れた壁がじっと見つめている　わたしの顔の上でブラインドの縞模様の影が潮の流れのようにゆれている　ここにいると生きているものと死んでいるものの見分けがつかない　まばたきを

するとわたし自身も死んでいたり生き返ってみたりアンモナイトの化石
から吹いてくる風だけが生きつづけていてくりかえしくりかえし吹きつ
づけていて

やわらかい帽子

時間

我に返ると
長く伸びた自分の影に
つっかい棒されて
夕焼けの中に
置いてきぼりにされていた

変身

夜明け前の窓辺で
二羽のカラスが笑いあっている
薄目をあけて睡りこけているわたしを見て
笑っているのだ
つるりとした顔だと
笑っているのだ
背中のベッドが
大きく息をしている
赤いカーテンを通って
太陽のひかりが入ってきた

赤く染まったひかりは
ゆっくり
とぐろを巻きながら
部屋の中を動いている
部屋が温まってくる
わたしの首の後ろに
やわらかい鱗が生えてきた
わたしは少しずつ
昼の姿に変身していく

ブラインドのむこう

プルシャンブルーの海峡のような空の中を
一羽の白い鳥が飛んでいく
鳥は飛びながら
ゆっくり剝製に変わっていった
あのプルシャンブルーの色は
いくつもの時代が落ちていったからなのか
今日もブラインドのむこうを覗いていると
隙間からプルシャンブルーのひかりが
つぎつぎわたしの体に突き刺さってきた
わたしはこれからもずっと

この硬質の青空に支配された部屋の中を
生きていくだろう
もっと遠くへ
もっと遠くの
ひかりのケースに入れられた未来へと
生きていくだろう
生きていくだろう傷だらけにされて
見えない血液を流しながら
ブラインドのむこう
空は毎日
少しずつ大きくなっていく

真夜中の階段

今日の終わりの
伸びきった薄暗い廊下を
もう会う人とはみんな会ってしまったわたしは
ゆらゆら歩いていた
下りの階段があった
ぼんやりした階段の下の方
背後から赤黒い残照に照らされたわたしの
膨張した影が降りていく
わたしが止まると
フランケンシュタインの頭と手足をもった

その影も止まる
階段を降りてしまうと
落とし穴のような明日が待ち受けていている
その影はわたしを
その場所へと誘導しているのだ

夜

いつのまにか眠り込んでしまったわたしは
等身大の
白いプラスチック製のまな板にのせられていた
銀色の仮面をかぶった生きものが
柔らかい包丁を持って
わたしの体の一部分を切り取っている
不思議なことに
少しも痛くない
彼はそれを
夢たちに分配している

わたしはつぎからつぎへと夢をみながら
長ぼそい風船のトンネルを
いくつもいくつもくぐり抜け
朝
ひかりにくるまれた
少し小さくなった自分の体を
受け取った

寝静まった夜の寝室

寝静まった夜の寝室は
底無し井戸だ
湧き出てくる闇で
いっぱいになった寝室の壁から
染み出たわたしの時間が
ぽたりぽたりと
異界へ漏れている
闇の世界の寝間着を着て
眠りこんでいるわたし
明日への代償を
払わされているのも知らず

闇に抱かれて

闇を一枚めくって潜り込んだ
ほんのり暖かい眠りの底に足が触れた
寝そべると
白亜紀の匂いがする闇の息が
ゆっくりかぶさってきた
体じゅうの骨が溶けはじめた
聞いたこともないリズム音を刻んでいる血液が
体じゅうを流れはじめた
わたしは
闇の腹の中で

ゆっくりと
いっぴきの
新種の軟体動物に育っていった

満天の星

今夜も
満天の星の間に
あの人々が見える
水平に浮かんでいる体に
星々のひかりが
蜘蛛の糸のように巻きついている彼ら
わたしは
彼らは
貢物になっているのではないかと思っている
天体に拉致されたのではないかと

わたしは毎夜
眠りの中から
彼らの様子を
こっそり盗み見している

スーパームーン

輝きながら近づいてくる
冷たく晴れわたった
成長した黄色い月
クレーターの段差が大きくなり
月の息づかいがきこえてきた

むかしこどもだったころ
池に映っていた月
にむかって
小石を投げてあそんだよ

月は風にゆれてなんと軽かったことか

あの池に
あの月を置きざりにしたままだったよ
あれからいつもわたしの背中に
丸い影が映っているのに気づいていたのに
無視して生きてきたよ

あれから月は
どんどん重くなった

今わたしは
はじめて真正面から照らされた
月は勝利者の顔をして
わたしの前にたちふさがっている

ブルームーン

の
窪みに
落ちていく
小さな今日の満月
はるか昔
出会った月
いつもわたしの心を
見守ってくれていた月
青い涙で濡れたひかり
今

あれは
遠ざかっていく小さな悲鳴だ
あの月をつかまえなくては
早く早く
わたしは夢中で
真っ黒い空に両手を突っ込んで
その手を伸ばしつづけた

月

わたしの庭を訪れる月
満月
新月
三日月
月食の月
いつも小さな音で
ジャズを奏でながら
必ずやって来る
月は
わたしの水先案内人だと

ずっと思っていたけれど
ほんとうは違うと
わたしは知っていた
でも
生きつづけるために
そのことは無視してきた
今夜もやってきた十三夜
眠れないわたしは
庭に立つ
わたしは両手を挙げて
月へ
わたしの心の中だけにある秘密の言葉を
送りつづける
まるで
月が奏でる音楽に合わせて
踊っているかのように

宵の明星と三日月とわたし

宵の明星が
きらりと輝いて三日月に言った
そこまで飛んでいっていいですか
受け取ってもらえますか
黄色い舟になった月は
体をますます細くして
駄目だよう
もう先客がいるんだよう
いっつもぼくのおなかに乗っかって
動かないやつがいるんだ

と答えた
三日月の大きな窪みに
ぴったり収まった影が
赤黒い目を見開いて
耳をすませていた
地球に両足を掴まれたままのわたしは
どこまでも
伸びあがった

真夜中の台所

夜が窓を開けて
真夜中の食卓の花瓶に
一輪の星形の花を差した
食卓を囲む闇たちが
小さな声でお喋りをはじめた
寝そべったままのスマホが
やわらかいひかりを放ちながら
一人遊びをしている
片隅の冷たい闇の中で
生まれたての氷たちが

かくれんぼをしている
にらめっこをしている
テレビの赤い目
冷蔵庫の緑の目
空気清浄機の青い目
真夜中の台所は
目覚めた彼らの遊び場所だ

急に扉が開いて

急に扉が開いて
いきなり夜明け前の庭に立っていた
紫色の空気の中で
植物たちはまだ眠っている
かってに閉まった扉の前には
洗いたての洗濯物が
緑色の籠に入って黙って待っていた
洗濯物よ
ありがとう
今朝もわたしを待っていてくれたのね

心を込めて
洗濯物を干した
地球を取り囲む
夜の柵のむこうから
太陽がゆっくり登ってきて
ひかりの化粧をしてくれた
輝く仮面を付けて
今日も
生きぬこう

春

まわる
まわる
晴れたわたった空
まわる
まわる
白い布になって
どこまでもつづく平原
まわる
まわる
まわりながら

潰れていく
木　木　木　顔　顔　顔
まわる
まわる
ばらまかれた目
生にむかっているものたち
死に誘われているものたち
まぜこぜになって
まわる
まわる
わたしは
くにゃくにゃした体で
春のひかりにからみつく

白い花

白い花を抜く
庭じゅうの白い花だけを抜く
引き抜いたてのひらに
まっ黒な土がべったりくっついた
白い花は
白い花は
境界線を無視してはみ出してははみ出しては生えてくるから
きらいだ
白い花
また咲く

白い花が咲くたびに庭の影は
まっ黒な生きものになってしまう
地中にひっそり埋蔵されたわたしの卵たち
もういらないから捨ててしまったのに
その上にまたも咲く白い花
生きのびて過剰に繁殖した白い花
其処から反射するひかりが
未来から飛んでくる夏のひかりのように冷たく
わたしの顔に突きささる
白い花はわたしの顔から
すでにわたしの皮膚に変わってしまった仮面を
はぎとってしまう
白い花を抜く
自分の顔を引き抜くように
生きていく作業を
誰からも見られないように

砂時計

ずいぶん
来すぎてしまった
頭上には
開ききった青空が
いつまでも枯れずに咲いている
わたしは
溢れるひかりを浴びて
ひび割れ
たえまなく
透明な砂をこぼしている

地平線は
砂に変わっていくわたしを
真っすぐ立たせてくれる

舞台

舞台では
白い袋状の服を着たひとりの男が
スポットライトをあびている
そばに一脚の黒いパイプ椅子
演目は《日はつぎつぎとやってくる》
男は
座ったり
立ったり
床に寝転んだり
いろんな形の息の仕方を工夫しつづけている

いきなり椅子に何か語りかけたと思うと
仰向いたりもしている
男の口から急に
細長い空っぽのビニール袋がつぎつぎ吐き出された
どの観客席にも銀色のひかりの粒が乗っている
劇場の外では
夜が昼にぶつかって
雲がもくもく湧いている

無題

むこうから
いつもわたしを見守っている草や木たち
わたしは
夜
硝子のドアを開け
闇にそっと触れる
内側から
小さく跳ね返ってくる生温い音波
わたしは
瞬間

深い洞窟のような地球の影の中で
彼らといっしょに
眠っていた

野原

わたしは
風化していく未来に太い鎖でつながれ
この緑色の空の中を
引きずられていく
生きていくことに耐えるため
一個の鍵のように
いつも答えを求めていた
そのとき
あちらこちらから
夕暮れの影たちが

いっせいに草のように斜めに伸び
猛スピードで自転している
地球の音が聞こえてきた

やわらかい帽子

やわらかい帽子は　薄いベージュ色だ
やわらかい帽子は　ほんのり暖かい
やわらかい帽子は　わたしのいちばんの親友だ
やわらかい帽子は　時間のない星に連れて行ってくれる

やわらかい帽子とわたしは
小さなダンスを踊りながら
青い青い空を
くぐり抜けていく

山中従子　やまなか・よりこ

詩集
『空色の猫』ポエトリーセンター　一九八一
『ミラーハウス』ミッドナイト・プレス　一九九一
『私の結婚式』ミッドナイト・プレス　一九九八
『死体と共に』澪標　二〇一二

現住所　〒五九九―八二四七　大阪府堺市中区東山七五五

やわらかい帽子《ぼうし》

著者
山中従《やまなかより》子《こ》
発行者
小田久郎
発行所
株式会社思潮社
〒一六二—〇八四二　東京都新宿区市谷砂土原町三—十五
電話〇三（五八〇五）七五〇一（営業）
〇三（三二六七）八一四一（編集）
印刷・製本
創栄図書印刷株式会社
発行日
二〇二〇年九月二十五日